Conexão Paris-Marraquexe

Dimanche, le 3 juin 2012.

Eu adoro o dia das mães. É tão bom ver a felicidade estampada no rosto das pessoas. Filhos e mães confraternizando; esquecendo todas as possíveis desavenças existentes entre eles. Esse ano, em especial, eu tive que aguardar uma semana a mais na expectativa desse dia. Aqui na França comemora-se o dia das mães no último domingo do mês de maio, exceto quando coincide com o feriado de Pentecostes. Quando isso acontece, o dia das mães é adiado em uma semana, ou seja, é comemorado no primeiro domingo de junho.

Em todo dia das mães, desde que eu era bem pequeno, eu venho ao *Champ de Mars* celebrar esse dia tão especial para milhões de pessoas. A Torre Eiffel embelezando ainda mais o momento com toda sua imponência. Hoje, ela está enfeitada com balões em forma de coração e com luzes de led na cor vermelha. Para qualquer lado que se olhe, famílias são vistas fazendo piquenique, mães e filhos trocando carícias, muitas crianças correndo de um lado para o outro. Uma maravilhosa atmosfera de amor e felicidade.

Quando eu era menor, eu adorava ler sobre mitologia grega. Certa vez, eu li a história da Deusa Mãe: Reia. Todos conhecem o fim da história: Zeus derrotou Cronos e libertou os outros deuses, que Cronos havia engolido. Mas quase ninguém sabe que Reia, filha dos titãs Urano e Gaia, foi quem gerou os deuses. Ela escondeu Zeus ainda bebê para que Cronos não o devorasse, entregando ao irmão uma pedra enrolada num manto, ao invés do filho. Uma atitude realmente digna de uma mãe na tentativa de salvar seu filho. Pena que nem todos conheçam esses fatos.

Meu pai sempre me acompanha nesse meu "ritual de dia das mães". Sim, meu pai. Minha mãe faleceu quando eu tinha apenas 2 anos. Ela teve uma espécie de complicação hospitalar e acabou falecendo. Nós ainda morávamos em Marraquexe quando isso aconteceu. Meu pai não gosta de falar no assunto; quando tento conversar com ele a respeito, ele se irrita e me deixa falando sozinho. Eu sempre quis saber um pouco mais sobre a minha mãe, mas meu pai não contribui para isso. Para piorar a situação, a casa onde morávamos em Marraquexe foi tomada pelo fogo quando eu tinha 4 anos, não restando nenhuma recordação da minha mãe, nem da minha vida antiga. Logo depois do incêndio, nós (*mon père e eu*) nos mudamos para Paris.

Nós passamos o dia inteiro sentados na grama, conversando, fazendo piquenique e apreciando a felicidade alheia.

Ahhhh, já ia me esquecendo de me apresentar: meu nome é Yassine.

Infelizmente o fim daquele dia não foi tão bom. Quando chegamos em casa, meu pai ficou febril e começou a sentir dores no peito ao respirar. Fomos ao *L'Hôpital Saint-Louis*. O hospital estava bem vazio, como de costume. Em cerca de 10 minutos fomos atendidos. Os médicos fizeram os exames necessários, mas nada de errado foi encontrado. Isso estava se tornando cada vez mais frequente. Nos últimos meses, meu pai vem tendo alguns problemas de saúde, mas nenhuma doença foi identificada. Ao mesmo tempo que fico aliviado, fico preocupado. E se estiver algo de errado e os médicos não estão percebendo?! Enfim... melhor confiar nos meus futuros colegas de profissão. Em julho, eu iniciarei o curso de medicina na *Faculté de Médecine Paris Descartes*.

Na volta para casa, tomamos um táxi no hospital. No caminho resolvi tentar conversar um pouco com meu pai sobre o Marrocos.

- Baba, você era motorista quando morávamos em Marraquexe, certo?

- Você sabe que sim, Yassine. Por que isso agora?

- Queria conhecer nossa cidade natal. Na verdade, eu queria saber...

- Se você quer saber sobre a sua mãe. Eu já te disse tudo que você precisa saber. O nome dela era Fátima. Ela era uma mulher maravilhosa, cuidava bem de você e era excelente esposa. Infelizmente faleceu ainda jovem. Pronto.

- Não, baba. Eu quero saber sobre como era sua vida, como conseguimos nos mudar para Paris. Nós éramos pobres, não éramos?

Enquanto eu falava, era possível ver a dor em seus olhos. Era claro que tinha algo que ele estava escondendo. Mas o que seria e porque esconderia algo de mim ainda mais depois de tanto tempo? Antes que pudéssemos continuar o diálogo, o táxi diminuiu a velocidade e parou em frente ao nosso apartamento. Meu pai saiu apressado para casa enquanto eu pagava o táxi. Quando entrei no apartamento, ele já estava trancado em seu quarto. Fiquei extremamente incomodado com a sensação de que ele me escondia alguma coisa, mas não tinha o que fazer. Eu teria que conviver com aquele sentimento para sempre ou até quando ele resolvesse me contar o que quer que seja que ele está escondendo. Para me acalmar, comecei a tocar meu teclado. Essa era a única coisa que me acalmava e me fazia esquecer os problemas. Toquei até amanhecer. Espero não ter acordado a vizinhança.

Vendredi, le 20 juillet 2012

Eu estava cada vez mais ansioso com o começo das aulas, que seria na próxima segunda-feira. Eu quero muito ser médico. *C'est mon rêve.* Segundo meu pai, quando eu era apenas um *petit garçon* de 7 anos, eu encontrei um estetoscópio na rua e ele se tornou meu brinquedo preferido. Meu pai teve que comprar um jaleco para mim e então meu "uniforme" estava pronto. Eu andava para todos os lados vestido com o jaleco e com o estetoscópio no pescoço. Por diversas vezes cheguei a dormir trajando minhas vestes de médico. O jaleco se perdeu com o tempo, mas ainda tenho o estetoscópio.

Acordei extremamente feliz naquela manhã. Preparei um desjejum repleto de frutas e fiquei aguardando meu pai acordar para comermos juntos. Enquanto ele não acordava, dei uma lida no jornal esportivo. Como sempre, nada de novo. PSG e Lyon ganharam todos os jogos que disputaram no campeonato francês. No sábado, eles iriam se enfrentar no *Parc des Princes* valendo a liderança do campeonato. Boa oportunidade de ver meu time jogando. Liguei o computador e comprei dois bilhetes para o jogo.

Meu pai estava demorando para acordar e eu já estava faminto, então fui até o quarto dele e bati na porta. Toc toc.

- Baba... bonjour. Preparei um desjejum para a gente. Já passou da hora de acordar. Vamos comer?

Não houve resposta. Resolvi então comer sozinho. Enquanto comia, ouvi a porta do quarto de meu pai abrindo. Ele apareceu na sala vestido em seu pijama listrado nas cores azul e branco, que me fazia lembrar um livro muito interessante que li.

- Bonjour. – disse meu pai.

- O que há de errado com o senhor? Está se sentindo mal? O senhor sempre acorda cedo para comer seu desjejum.

- Yassine, você sabe que eu não sigo fielmente o islamismo e que nunca te obriguei a seguir também. Mas você deveria estar um pouco mais atento à religião do seu país de origem.

- Je suis désolé, baba.

Ele sentou-se à mesa, leu o jornal e se retirou para o quarto sem nem tocar nas frutas.

O ramadã é um dos poucos costumes islâmicos que meu pai pratica. Ele diz que é um jeito de ele se purificar pelos seus atos ao longo dos outros dias do ano. O ramadã é realizado no nono mês do calendário islâmico, mas não tem data exata, já que se trata de um calendário lunar. É um período onde os islâmicos se aproximam mais da religião, intensificando as orações e a leitura do Alcorão, o livro sagrado deles. Durante esse período, os praticantes devem jejuar da alvorada ao pôr-do-sol (não podem nem beber água). O jejum também é aplicado às relações sexuais.

Quando ouvi falar do ramadã pela primeira vez, eu fiquei horrorizado. Imaginava as crianças pequenas tendo que passar fome por uma fé que elas ainda nem entendem e que futuramente podem nem querer seguir. Por sorte, tenho um conhecedor do islamismo dentro de casa, que me fez entender melhor a prática. Na realidade, a pessoa só é iniciada no ramadã a partir da adolescência. Além disso, enfermos, idosos e mulheres grávidas, lactantes ou que menstruem no período têm o direito de se alimentar durante o ramadã, mas não de maneira indiscriminada, com risco de o período de jejum se estender por 60 dias.

Acabei de comer minhas frutas, guardei o que sobrou e passei o restante do dia a ler alguns livros introdutórios do curso de medicina. Eu queria chegar na faculdade com um conhecimento mínimo do que seria abordado.

Samedi, le 21 juillet 2012

Não conheço muitos estádios, mas o *Parc des Princes* deve ser um dos mais bonitos externamente. Na parte interior ele é igual a qualquer estádio no mundo: arquibancada e campo de futebol; nada mais importa lá dentro, além do jogo, é claro. O pátio externo do estádio estava lotado. Um mar de gente nas cores azul, vermelha e branca. Devido a problemas anteriores entre as torcidas do PSG e do Lyon, o jogo era de torcida única. Antes de entrar no estádio, fomos à loja oficial do clube, que fica nas imediações do estádio, e compramos a camisa do mais novo craque do PSG: Zlatan Ibrahimovic. Cada camisa custou pouco mais de 130 euros, uma verdadeira fortuna, mas valeu cada centavo do investimento. Não pela camisa em si, mas se eu não fosse à loja naquele dia, talvez não conhecesse a menina mais linda que já vi na vida.

Meu pai e eu entramos na loja e seguimos o fluxo de pessoas que convergiam para as araras onde estavam a camisa do novo jogador, porém não encontramos o que queríamos. Nós nunca fomos de comprar o uniforme número 1 do time, já que era o mais comum. Nós sempre preferimos os terceiros uniformes e não havia nenhum dele nas araras. Foi então que me dirigi à funcionária mais próxima, enquanto meu pai procurava pelo restante da loja. Ela estava de costas, eu fui até ela e a cutuquei-a nas costas. Quando ela se virou, o mundo pareceu passar em câmera lenta. Primeiro eu vi seus lindos cabelos longos e castanhos, que foram dando lugar às leves feições do rosto dela. *Très jolie.* Em alguns segundos, mas que para meu mundo em câmera lenta pareciam horas, a jovem mais linda que vi na vida estava parada na minha frente, me encarando. Por um instante eu perdi a fala, mas ela me tirou do transe em que me encontrava ao perguntar o que eu desejava. Expliquei o que queria e ela, gentilmente, me mostrou onde se encontravam as camisas. Eu estava tão extasiado com a beleza dela, que nem entendi o que ela disse, mas, mesmo assim, agradeci e me afastei, não antes de olhar seu crachá e descobrir seu nome: Deborah. Quando encontrei meu pai, ele já estava com as camisas em mãos na fila caixa. Compramos e entramos no estádio.

Naquele dia, o PSG perdeu o jogo pelo placar de 2x1. A torcida estava revoltada, as pessoas xingavam a todo instante. Meu pai ficou mudo e de feição sisuda, como ele sempre fica quando está muito irritado. Eu não lembro de nenhum lance daquele jogo, a única coisa que lembro é o rosto da bela Deborah.

Lundi, le 23 juillet 2012

	Lundi	Mardi	Mecredi	Jeudi	Vendredi
10:00 – 12:00	Bases et prérequis de biologie cellulaire et moléculaire				
	Déjuener				
13:00 – 15:00	Methods in therapeutic evaluation	Médecine translationnelle	Langage de traitement des donneés pour la bio informatique		Physologie-Pharmacologie

O primeiro semestre do curso de medicina é bem tranquilo. Como ainda não sabemos muito a respeito da medicina, não possuímos parte prática. O estudo inicial é bastante teórico. Meu primeiro dia foi muito legal.

Cheguei na *Faculté de Médecine Paris Descartes* por volta das 9:20 da manhã. Descobri minha sala de aula no mural da faculdade. Por conveniência, as aulas dos alunos novatos eram todas na mesma sala: número 55. Fui o primeiro aluno a chegar na sala, que mais parecia com um anfiteatro devido ao seu formato. O quadro ficava no nível mais inferior da sala, onde também se encontrava uma mesa, uma cadeira e um altar com um microfone. As cadeiras onde os alunos se sentavam partiam do mesmo nível até cerca de 15 degraus para cima, formando um semicírculo em volta do local do professor. A sala tinha capacidade para 120 pessoas, mais do que suficiente para os 100 novos alunos que foram selecionados. Sentei-me na terceira fileira. Gosto de ficar na frente para prestar atenção na aula, mas não tão na frente a ponto de se receber certos rótulos desagradáveis. Assim que me sentei, avistei a chegada de mais um aluno. Ele se apresentou e sentou-se do lado oposto ao qual eu estava. As pessoas foram chegando aos bolos, de modo que às 10hs em ponto todos já estavam aguardando o professor, que chegou pontualmente no horário de inícios das aulas.

- Je suis Jean Paul, votre professeur de "bases et prérequis de biologie cellulaire et moléculaire". On va nous rencontrer du lundi au vendredi à 10 heures.

A aula passou muito rápido. O professor Jean Paul fez inúmeras perguntas sobre temas introdutórios. Acho que só eu e uma garota chamada Lucie já havíamos estudado. JP, como ele gostava de ser chamado, pareceu gostar de nós dois. Toda pergunta que ele fazia, ele buscava ouvir nossas respostas.

No horário do almoço, sentei-me à mesa com Robin, o aluno que chegou logo depois de mim na sala e mais duas meninas que haviam estudado comigo na escola: Marie e Rebecca. Eu as apresentei a Robin. Depois do almoço fomos à aula de "Methods in therapeutic evaluation". A professora se chamava Marion Sartre e não me pareceu uma pessoa agradável.

Ao sair da aula, quando estava andando em direção à estação de metrô, tive uma grata surpresa: avistei *la belle femme* que "conheci" na loja do PSG. Meu coração acelerou e meio que por impulso eu gritei: "Deboraaaah". Ela se virou, procurando quem a chamou. Obviamente não me reconheceu. Como não viu ninguém conhecido, voltou ao rumo que seguia, enquanto eu a admirava. Aquele momento foi a cereja que faltava no meu dia perfeito. Na verdade, não tão perfeito assim...

Deborah pegou o mesmo metrô que eu, mas desceu algumas paradas antes de mim. Já que estávamos no período do Ramadã e o Sol se põe tarde no verão, resolvi comer pela rua, para não ter que comer sozinho em casa enquanto meu pai apenas observa. Parei em uma *boulangerie* e comi uma baguete. Quando cheguei em casa, encontrei meu pai deitado todo encolhido no sofá. Ele estava com dores nas articulações, estava com dificuldades em se locomover. Entrei em desespero. Ele não conseguia andar e eu não tinha como carregá-lo sozinho até um táxi. Por sorte, meu vizinho de porta estava em casa e me ajudou a levar meu pai ao hospital. Yi é um excelente vizinho. Ele nunca reclama de nada e sempre nos convida para almoçar na casa dele. Eu nunca recuso seu convite. Adoro comida chinesa.

Os médicos do *L'Hôpital Saint-Louis* já estavam familiarizados com a situação de meu pai. Várias vezes levados ao hospital com sintomas completamente diferentes, vários exames realizados e nada encontrado. Dessa vez não foi diferente. A única coisa que mudou foi que tivemos que passar a noite no hospital, já que meu pai ainda sentia muita dor quando tentava se locomover. Dor essa que se estendeu por toda a semana. Essa noite no hospital me custou um dia de aula. Mais tarde, conversando com Marie, eu fiquei sabendo que JP notou minha falta na aula e que o professor de *Médicine translationnelle* é português, chama-se Manuel da Fonseca e convidou os alunos de semestres ímpares para participar do recrutamento para seu projeto de pesquisa sobre doenças raras. Os interessados deveriam comparecer à sala dele no sábado às 11hs.

Meu pai passou o dia muito calado, parecia preocupado com alguma coisa. Esperei o anoitecer para comermos juntos.

- Baba, o senhor está preocupado com alguma coisa?

- Vou ser sincero com você, Yassine. Estou preocupado com minha saúde.

- Está tudo bem com o senhor. Não ouviu os médicos dizerem?! Não tem com o que se preocupar.

Eu só disse aquilo para tentar tranquilizá-lo. Eu também estava super preocupado. Era óbvio que havia algo de errado, mas não sabia dizer o quê. Para acabar de vez com esse assunto, eu disse:

- Que tal o senhor me contar alguma história de quando o senhor era motorista em Marraquexe?

- Lá vem você de novo querer remexer no passado. Já te disse que...

- Em momento algum falei da mamãe. Eu quero que o senhor fale sobre o senhor.

- Então está bem.

Ouvi diversas histórias das muitas viagens entre Marraquexe e o deserto do Saara feitas pelo grande Yosef, como meu pai era conhecido, guiando inúmeros turistas do mundo inteiro. Depois de contar inúmeras histórias engraçadas, meu pai retirou-se da sala e foi dormir. Mas antes, ele disparou:

- Eu pensei a respeito do que você me perguntou há um tempo... Sua mãe, minha amada Fátima, pegou infecção hospitalar durante uma cirurgia. Houveram complicações na cirurgia e sua mãe faleceu no dia seguinte. Eu processei o hospital e daí veio o dinheiro que nos trouxe para a França.

Fui pego desprevenido. Não tive tempo nem de argumentar ou perguntar algo, pois assim que terminou de falar, ele foi para o quarto e se trancou lá. Fiquei em choque por alguns minutos. Não sabia o que fazer. Os fatos me nocautearam. Passei a noite em claro, não fechei os olhos nem por um segundo. Estava começando a entender o porquê de meu pai nunca querer falar sobre o assunto: toda a vida que ele construiu em Paris foi fruto do dinheiro conseguido a partir da morte do amor da sua vida.

Durante toda a semana eu e meu pai quase não nos vimos. Eu passei o dia inteiro na faculdade e ele no seu quarto. Ao fim da última aula de sexta-feira, eu estava esgotado. Não imaginava que a faculdade fosse ser tão cansativa. E ainda tinha a reunião com o professor Manuel da Fonseca no dia seguinte. Eu não ia perder a chance de tentar fazer algo mais prático em meio à grande teoria que se resume o primeiro semestre do curso de medicina.

Samedi, le 28 juillet 2015

Acordei atrasado, não deu tempo nem de comer. Tive que ir de táxi para a faculdade. Cheguei na sala do professor Manuel às 10:57, ele ainda não tinha chegado. A sala estava vazia, exceto por uma bolsa feminina em cima de uma das cadeiras da sala. Sentei-me para esperar. Às 11hs em ponto a porta se abriu e ELA adentrou a porta. Não podia ser apenas coincidência, o mundo estava conspirando a meu favor.

Deborah é muito linda: ele deve ter 1,71m, morena, longos cabelos castanhos, corpo de violão, boca carnuda, nariz delicado com um charmoso *piercing* e olhos cinzas destacados pelos cílios extremamente negros.

- Bonjour. – ela disse.

Por um momento não consegui responder, eu estava ocupado demais apreciando a sua beleza. Ela sentou-se onde estava a bolsa e começou a mexer em seu telefone. Eu não podia perder essa oportunidade:

- Bonjour. Comment tu t'appelles?

- Deborah, et toi?

- Yassine. Étudies-tu médicine?

- Oui.

Antes que continuássemos a conversar, o professor chegou. Ele se desculpou pelo atraso, agradeceu a nossa presença e paciência de esperar. Queixou-se por apenas dois alunos em um universo de quase 200 se interessarem pelo projeto de pesquisa dele. Deborah explicou-lhe que a maioria dos alunos do terceiro período estavam participando de um congresso em Nancy. Quanto aos alunos do primeiro semestre, o próprio professor disse que era comum poucos se interessarem, pois ainda não possuem grande conhecimento, o que torna o trabalho mais difícil. Ele nos explicou do que se tratava o projeto e como não tínhamos concorrência, fomos selecionados. Inicialmente faríamos apenas pesquisas sobre doenças predeterminadas, depois iríamos aos hospitais ter contato direto com pacientes dessas doenças. O projeto demandava um trabalho mútuo. Não devíamos nunca trabalhar sozinhos. O conhecimento deveria ser adquirido de forma conjunta. Isso me deixou ainda mais empolgado. Quanto mais tempo eu ficasse perto daquela beldade, melhor seria. Só não sabia se conseguiria me concentrar em qualquer pesquisa que fosse. O professor nos dispensou.

Deborah e eu fomos conversando até a estação de metrô. No caminho ela me contou que seu pai era um homem de saúde frágil. Ele tinha um câncer no cérebro, que não podia ser operado. Ela e a mãe cuidavam do pai. Por isso, ela me pediu para que nossas reuniões fossem na casa dela, ao invés de serem na faculdade. Eu prontamente aceitei. Pegamos o metrô e nos despedimos quando ela desceu, mas antes combinamos que nossas reuniões seriam realizadas todas as segundas, quartas e sextas. Eu queria que fossem todos os dias, mas ela trabalhava em um hospital às terças e quintas. O restante do sábado eu passei pensando nela, imaginando seus lábios carnudos tocando os meus; nossos corpos se entrelaçando; o calor do corpo dela me aquecendo...

As reuniões com Deborah estavam sendo extremamente produtivas. Nossa sintonia era incrível. Nós fomos tão eficientes, que conseguimos atingir nossa meta inicial do projeto antes do prazo, o que nos deu quase 20 dias de folga até começarmos a segunda parte. Além disso, nós nos conhecemos melhor. Debbie, como os pais dela a chamavam e eu também passei a chamar, me contou que ela e os pais se mudaram para Paris por causa dos seus estudos. Eles haviam se mudado no fim de julho do ano passado, pouco antes do início das aulas. Nas férias, ela sempre procura empregos temporários para ganhar um pouco de dinheiro. Não que precise, mas ela gosta de se sentir um pouco independente. Como anda sempre ocupada, ela ainda não teve tempo de conhecer a bela cidade de Paris. Até então, só havia ido à *tour Eiffel* e ao *l'arc de triomphe*.

O pai, *Monsieur* Monet, era um homem de aparência degradada devido à doença, porém com muito bom humor quando em plena consciência. A mãe, *Madame* Monet, tinha a aparência mais jovial, porém sempre cansada por ter que cuidar do marido, que apresentava, por vezes, alguns momentos de demência. Certa vez, estávamos estudando na sala, Debbie e eu, quando surgiu o pai dela com as calças arriadas e as mãos meladas de fezes. Ele havia defecado na própria cama. Eu ajudei Debbie a limpar a sujeira e a dar banho nele. Ela ficou envergonhada com a situação. Era óbvio que ela não queria me fazer passar por aquilo, mas eu não me senti nem um pouco incomodado ou chateado com o que aconteceu. O pai dela está doente, não tem noção das coisas que faz. Eu, como futuro médico, tenho obrigação de entender completamente o que havia acontecido e ela sabia disso, mas mesmo assim ela continuou bem desconfortável.

Quando estava completamente lúcido, *Monsieur* Monet adorava contar histórias das inúmeras viagens que fez ao redor do mundo. Ele sempre falava com muito entusiasmo sobre os lugares que visitou e as aventuras que viveu. A única vez que achei ele desconfortável foi quando comentei que meu pai era do Marrocos e perguntei se ele já esteve lá. Ele disse sim, mas não ficou muito empolgado. Pelo contrário, ele trocou olhares nervosos com a esposa e disse não se lembrar muito bem daquela viagem. Logo em seguida, alegou sentir dores de cabeça e se recolheu para o quarto.

Agora que tínhamos atingido nossa meta com tanta antecedência, Debbie e eu ficaríamos um bom tempo sem nos encontrar. Eu não sei se estava preparado para isso. Eu tinha que arranjar um jeito de mudar isso. Precisava manter contato com ela. A cada dia que passava eu me encantava mais com ela. Era oficial, eu estava apaixonado!

Samedi, le premier septembre 2012

Eu não via Deborah há quase uma semana. Ultimamente eu não estava conseguindo me concentrar em nada, só tinha pensamentos para ela. Robin me mandou uma mensagem me convidando para uma festa em sua casa, resolvi convidar Debbie para ir comigo. Peguei meu celular e liguei para ela antes que a coragem passasse.

- Salut, Yassine. Ça va? – disse ela ao atender o telefone.

Sua voz era tão doce que eu poderia ficar mudo o tempo todo apenas ouvindo-a falar, mas eu tinha um convite a fazer.

- Salut! Ça va bien et toi?

- Moi aussi.

- Veux-tu aller aujourd'hui à 22 heures à une fête avec moi?

    - À une fête... aujourd'hui... oui!

- Je te prends à 21h30min.

- Oui. À bientôt.

Não acredito que ela aceitou o convite. Ainda faltavam cerca de 9 horas até a festa. Eu queria que o tempo passasse rápido para ter o que seria meu primeiro encontro não acadêmico com ela. Eu estava tão inquieto que até meu pai percebeu e veio falar comigo. Eu contei a ele sobre meu encontro, o que o deixou muito animado. Eu contei o quanto estava gostando dela e como ela me faz admirá-la cada vez mais. Baba me deu algumas dicas de como me comportar perante uma dama, falou sobre sexo, entre outras coisas que todo pai diz para o filho, mesmo com a completa falta de vontade do filho em ouvir isso. Em outra ocasião eu ficaria completamente desconfortável com a conversa, mas naquele momento foi extremamente legal, já que tinha sido a primeira vez que eu e meu pai trocávamos mais do que cumprimentos desde que ele desabafou sobre a morte da minha mãe.

Meu pai me ajudou a escolher minha roupa: um sapatênis preto sem cadarço, uma calça skinny de brim vermelha e uma camisa branca de algodão com uma estampa de uma carta de baralho. Olhei-me no espelho e me achei o cara mais bonito do mundo,

Às 21:30 eu já estava na casa de Debbie. Ela ainda estava se produzindo em seu quarto. Seu pai estava no quarto, pois não estava se sentindo bem e sua mãe ficou me fazendo companhia na sala. Foram apenas 15 minutos esperando, mas foram extremamente desconfortáveis, já que a mãe dela fez inúmeras suposições a respeito de um possível relacionamento entre a gente. O ápice do desconforto foi quando ela me disse para tomar cuidado com a princesinha dela, já que ela nunca havia se relacionado com nenhum garoto anteriormente, quanto mais um garoto 2 anos mais velho que ela. Antes que eu pudesse explicá-la que não havia nada acontecendo entre eu e sua filha, Debbie surgiu na sala com sua beleza estonteante.

Deborah estava com um vestido azul até a altura dos joelhos, um cardigan caqui aberto e um colar que se escondia dentro do vestido por entre seus seios. Naquele momento, eu daria tudo na vida para ser aquele colar.

Chegamos na festa às 22:20. Eu me senti o cara mais importante de Paris tendo ao meu lado a mulher mais linda do mundo. Todos na festa olhavam e comentavam sobre a gente. Foi uma noite incrível, principalmente depois do que aconteceu na pista de dança.

Hoje em dia, a pista de dança de uma festa não é um lugar muito frequentado, mas eu e Debbie adoramos dançar, por isso passamos a maior parte do tempo lá. Minhas músicas prediletas são as eletrônicas, já ela preferia os pops internacionais. Estávamos nos divertindo muito até que o DJ começou a tocar música romântica. Nesse momento, as poucas pessoas que estavam na pista começaram a se entreolhar e a sair à francesa. Eu estava extremamente desconfortável com a situação, então resolvi fazer igual aos outros: sair da pista. Quando virei de costas, Debbie me puxou para perto dela, passou seus braços em torno do meu pescoço e começamos a dançar ao som de Whitney Houston.

If I should stay
I would only be in your way
So I'll go but I know
I'll think of you
Every step of the way

And I will always love you
I will always love you

Eu estava enfeitiçado pelo cheiro do perfume dela. O mundo ao nosso redor parecia não existir. Eu poderia passar o resto da vida ali, dançando com Debbie.

You
My Darling you
Bitter sweet memories

That is all I'm taking with me
So goodbye, please don't cry
We both know I'm not what you, you need

And I will always love you
I will always love you

Nossos olhares se encontraram. Meu nariz encostado no dela. Nossas respirações ofegantes.

I hope life treats you kind
And I hope you'll have
All you dreamed of
And I do wish you joy
And happiness
But above all this, I wish you love

And I will always love you

Por um segundo hesitei, mas ela tomou a iniciativa. Nossos lábios se tocaram. Definitivamente eu poderia passar o resto da minha vida vivendo aquele momento mágico. Nossos lábios pareciam peças de quebra-cabeça perfeitamente encaixadas. Nosso momento mágico foi interrompido pelas pessoas que voltavam à pista logo após Whitney ser substituída por algum cantor pop do momento.

No fim da festa levei Debbie para casa. Eu tentei subir para seu apartamento, mas ela preferiu que eu fosse embora. Nos despedimos com mais alguns beijos calorosos. Passei todo o caminho até em casa relembrando nosso beijo e cantarolado:

I will always love you
I will always love you

Lundi, *le premier octobre 2012*

O mês de setembro passou muito rápido: aulas, reuniões de pesquisa com Debbie (agora não tão produtivas), encontros românticos com ela e idas ao hospital. Infelizmente, ir ao hospital estava cada vez mais frequente na minha vida: o pai de Debbie estava internado há 2 semanas, sua doença tinha piorado; além de meu pai, que teve que ser internado duas vezes nesse mês: uma vez por causa de uma forte anemia e a outra por dores de cabeça intermitentes.

Hoje, por exemplo, eu nem fui à aula. Passei a noite com meu pai no hospital. Debbie e eu iríamos sair hoje para comemorar 1 mês do nosso primeiro beijo. Nós nunca falamos oficialmente sobre namoro, mas nós nos comportamos como se fôssemos namorados; e daqueles bem grudentos, que só andam juntos. Eu a pediria em namoro hoje, mas acabei adiando para a próxima sexta-feira, quando ela irá à minha casa para conhecer o meu pai. A comemoração do aniversário de *mon père* seria o momento perfeito para eu apresentar o amor da minha vida a ele.

Baba andava muito emotivo, como sempre acontecia nos dias que antecedem seu aniversário. Ele pediu que eu me juntasse a ele para assistir a um filme. Assistimos ao filme "*Exit Marrakech*", que conta a história de um adolescente que tem problemas com o pai. Após brigarem, o jovem acaba em uma boate, onde conhece uma garota. Juntos, os dois viajam pelo interior do Marrocos.

Por diversas vezes durante o filme eu pude ver lágrimas escorrendo pelo rosto de meu pai. Ao terminar o filme, ele desabafou comigo:

- Yassine, esse filme me fez lembrar da minha antiga vida em Marraquexe. A viagem que o casal fez pelo interior do Marrocos me lembrou de minhas viagens como guia.

- Parecia ser um bom trabalho, baba. Mas as estradas pareciam meio perigosas, não?

- Eram sim, mas eu estava acostumado. Sabe a cena em que eles quase bateram o carro porque o motorista se abaixou para pegar algo no porta-luvas?

- Sim.. o senhor já fez isso também?

- Mais ou menos... comigo foi um pouco diferente. Eu estava tentando matar uma mosca dentro do carro. Quando olhei pelo retrovisor central pude ver as caras assustadas dos turistas. Foi tenso, mas depois foi muito engraçado

Ele começou a rir ao se lembrar do acontecimento. Eu adorava ouvir a risada dele.

- Sabia que aquela foi a última viagem que fiz antes de sua mãe morrer? – ele disparou.

- Eu... não... sabia.

- Yassine.. eu quero te contar uma coisa. Seu pai está velho e cada vez mais doente. Eu queria que você soubesse que sua mãe morreu durante o parto.

- No parto? Mas como? O senhor não disse que ela morreu quando eu tinha 2 anos?

- Sim, disse sim. E é verdade.

- Então... o senhor está dizendo... que eu tenho um irmão?

- Na verdade é uma irmã. Mas ela está morta. Ela morreu junto com sua mãe.

Seus olhos se encheram de lágrimas. Eu pude sentir a dor que ele sentia, mas algo estava estranho. Seu olhar emanava dor, mas também algum tipo de rancor. Antes que eu pudesse tentar conversar mais sobre o assunto, ele disse:

- Já basta! Não estou me sentindo bem. Saia do quarto e feche a porta.

- Mas, baba...

- Bonne nuit, Yassine. - disse ele de forma ríspida.

Eu me retirei do quarto. Meu pai nunca tinha me contado que minha mãe havia engravidado de novo. Se minha irmã estivesse viva seria 2 anos mais nova que eu; seria da idade de Debbie. Será que ela seria inteligente ou bonita como ela? Fiquei deitado em minha cama pensando em inúmeras situações que poderiam ter acontecido: pensei em brigas e brincadeiras de criança, baile de debutante, ciúmes com um possível namorado dela, entre outras. Adormeci. Tive diversos pesadelos com partos.

Vendredi, le 5 octobre 2012

Depois da aula de Physologie-Pharmacologie, eu fui direto para casa preparar o jantar de aniversário de meu pai. Teoricamente eu deveria me reunir com Debbie para finalizar a etapa teórica da nossa pesquisa; na próxima semana nós iniciaríamos as visitas aos pacientes.

Quando cheguei em casa, meu pai estava fazendo algumas ligações; estava confirmando quem viria jantar conosco. Tomei um banho, fiz uma pesquisa na internet para escolher o menu da noite e fui para a cozinha. Logo em seguida meu pai me informou que seríamos apenas 7 pessoas: eu, meu pai, Debbie, um casal de amigos franceses e um outro do Marrocos.

O jantar estava marcado para às 20h. Os amigos de meu pai chegaram pontualmente. Debbie ligou avisando que não chegaria a tempo para o jantar, pois estava no hospital com o pai. Assim sendo, jantamos sem ela. De entrada, servimos _focaccia_ com tomate seco e _chutney_ de cebola; o prato principal foi a comida favorita de meu pai: cuscuz marroquino com borrego acompanhado de um bom vinho tinto; de sobremesa, comemos _macaron_ com ganache. O jantar foi um sucesso, todos adoraram a comida. Meu pai se divertiu bastante. Há muito tempo eu não o via tão feliz e comunicativo. Os franceses foram embora logo após o jantar. Logo em seguida Debbie chegou. Meu pai e os amigos estavam tão entretidos na conversa que nem perceberam a presença dela, então tive que anunciá-la:

- *Mesdames et Messieurs* - disse como se fosse apresentador de algum prêmio – eu gostaria de apresentá-los a uma pessoa...

Todos os olhos viraram para ela. Pude ver suas bochechas corarem de vergonha.

- Está é a Deborah.

Meu pai engasgou com o vinho, ele e os amigos trocaram olhares nervosos. Farid, o amigo marroquino de meu pai disse:

- *Enchanté*. Você tem um rosto familiar...

- Tem sim... Você é idêntica a... – disse Jade, a esposa de Farid, mas foi interrompida por meu pai, que derrubou a taça de vinho no chão. A taça quebrou e um caco de vidro acabou cortando o pé de Jade.

Meu pai se desculpou com Jade, disse que não estava se sentindo bem e se retirou. Jade e Farid agradeceram pelo jantar e foram embora. Antes de partirem, pude ver os dois cochichando algo e olhando para Debbie.

- Guardei alguns *macarons* para você. Sei que você adora. – eu disse a Debbie, quando estávamos só nós dois.

Enquanto ela comia, fui ver como meu pai estava. Entrei no quarto dele e ele estava ajoelhado virado para Meca. Não quis atrapalhar ele, mas achei muito estranho. Meu pai não costumava rezar. Não pensei muito a respeito, porque o auge da noite ainda estava por vir. Fui ao meu quarto e peguei o anel que comprei para Debbie. Quando voltei à sala, Debbie estava na varanda olhando as estrelas. Abracei ela por trás e cochichei em seu ouvido:

- Está frio aqui, não?

- Está sim. Nunca vi um outono tão frio. Mas é que adoro olhar as estrelas.

- Vamos esquecer as estrelas por um momento.

Girei ela, me ajoelhei em sua frente e estendi o anel para ela.

- Debbie, você quer namorar comigo?

Ela ficou muda. Seus olhos encheram de lágrimas. Ela estendeu a mão e eu coloquei o anel em seu dedo. Depois levantei e nos beijamos. Passamos um bom tempo abraçados à luz da lua e das estrelas. Como estava muito tarde, Debbie dormiu *chez moi*. Ela no meu quarto e eu na sala.

Eu acordei no dia seguinte extremamente dolorido: o sofá, definitivamente, não era um bom local para dormir. Levantei, preparei um *petit déjeuner* bem reforçado para Debbie e eu, e então fui acordá-la. Bati à porta, mas não obtive resposta. Entrei cautelosamente no quarto e vi a cama vazia. Olhei ao redor, mas ela não estava mais lá. Foi então que vi um bilhete em minha escrivaninha:

"Bonjour mon amour. Je t'aime. Appelle-moi."

No mesmo instante peguei o telefone e liguei para ela. Ela havia acordado cedo para ir ao hospital ficar com o pai. Sua voz estava bem triste, aparentemente seu pai estava muito mal. Conversamos por cerca de 20 minutos e então ela teve que desligar.

Eu fui até a cozinha, coloquei o café da manhã em uma bandeja e fui servir na cama para meu pai. Quando entrei no quarto, ele já estava acordado. Sentei na cama ao lado dele e tomamos café da manhã juntos. Em um determinado momento ele perguntou:

- Cadê a garota? Já foi embora?

- A garota tem nome. Elle s'appelle Deborah.

- Sim, sim... Deborah já foi embora?

- Já sim.

- Hmm.. E vocês... hmmm... vocês... passaram a noite juntos?

- Eu não vou falar sobre isso com o senhor, baba.

- É só que... sei lá.. é que... enfim...

- Não, baba, nós não transamos. Debbie é mais nova, nunca namorou antes, estamos indo com calma. Pronto? Satisfeito? Podemos mudar de assunto agora?

- Sim, claro, entendo. Então ela é mais nova? Quanto mais nova?

- Ela tem 20, ou seja, dois anos mais nova...

Meu pai deixou a xícara de café cair no chão, sujando todo o lençol.

- Precisamos ir ao médico para ver isso. O senhor deve estar com alguma fraqueza nas mãos. Segunda vez que isso acontece em menos de 24 horas. – eu disse.

Ele não disse nada. Levantou-se e entrou no banheiro. Eu limpei a sujeira que ele fez e fui tocar teclado. Meu pai passou quase 1 hora trancado no banheiro, quando saiu veio ao meu encontro na sala.

- Não acho certo esse seu namoro. – disparou ele.

- O senhor o quê?

- É isso mesmo que você ouviu. Não acho certo você namorar uma menina mais nova que você.

- Baba, o senhor está bem? Só pode estar delirando... qual o problema da idade? São só dois anos e nós somos adultos. Não há problema algum.

Meu telefone tocou. Recebi uma mensagem. Peguei o celular.

- É que.. eu... não acho certo! Ponto final. E você me deve respeito e obediência. Eu sou seu pai. Está decidido. Não vai ter namoro algum. Acabou.

- O senhor não...

Li a mensagem no celular. Passei rapidamente por meu pai, me dirigindo à porta da rua.

- O pai de Debbie morreu. – eu disse ao sair pela porta.

Quando cheguei no hospital, Debbie e a mãe não estavam lá. Procurei por todos os lados, mas não as encontrei. Na porta do quarto, onde *Monsieur* Monet estava internado, havia um segurança impedindo a entrada de pessoas não autorizadas. Tentei saber dele o que havia acontecido, mas ele me disse apenas o que eu já sabia: "o paciente desse quarto faleceu hoje pela manhã". Tentei ligar para Debbie, mas o celular estava desligado. Deixei uma mensagem na caixa postal e fiquei esperando por ela no hospital.

Enfim, depois de quase duas horas, apareceu alguém, mas não era nem Debbie nem *Mademoiselle* Monet, mas sim um funcionário do *Services Funéraires de Paris.* Conversei um pouco com ele e fui informado que o corpo seria velado às 17h no *Cimetière de Belleville.* Faltava pouco mais de 4 horas para o velório, e como eu não conseguia falar com Debbie, resolvi ir para casa. Antes de ir, acompanhei a retirada do corpo de *Monsieur* Monet do quarto.

No caminho entre o hospital e a minha casa tentei ligar novamente para Debbie, mas o celular dela continuava desligado. Quando cheguei em casa, meu pai estava almoçando. Me juntei a ele, mas ficamos em silêncio durante toda a refeição. Ele acabou de comer antes de mim, retirou-se da mesa, caminhou na direção do quarto e parou na porta.

- Transmita meus pêsames a toda família. – ele disse e logo depois se trancou em seu quarto.

Terminei de almoçar, tomei banho e toquei teclado até a hora de ir ao cemitério. Cheguei no velório na hora marcada. Já estavam lá cerca de 7 pessoas, entre elas a viúva. Cheguei mais perto, dei um abraço reconfortante nela, transmiti minhas condolências e me afastei. A cada minuto iam chegando mais pessoas. O velório durou até as 20hs em meio aos choros de familiares e amigos e aos cantos de igreja. Em seguida, o caixão foi encaminhado para a cova. Mas havia algo de errado nisso tudo. Onde estava Debbie? Por que ela ainda não chegou? O corpo do pai dela seria enterrado em alguns minutos e ela não teria a oportunidade de se despedir dele. Em instantes, as pessoas formavam um círculo em volta da cova e o caixão descia vagarosamente por ela, até que atingiu o fundo. Inúmeras pessoas chorando, algumas tiveram que se retirar, pois não aguentaram ver aquela cena. Um padre começou a dizer algumas últimas palavras de homenagem ao morto antes que o caixão fosse coberto pela terra. As últimas palavras que ele disse foram:

"As lembranças de ontem durarão uma vida inteira. Guarde as melhores, esqueça as outras".

Nesse momento, Debbie surgiu por entre as pessoas. Ela se ajoelhou em frente à cova, que começava a ser preenchida de terra. As pessoas começaram a jogar flores na cova e a se retirarem. Quando a cova estava quase toda tapada, restavam apenas Debbie, sua mãe e eu. Nós três abraçados em silêncio. Às vezes, Debbie pronunciava um pedido de desculpas direcionado à mãe, nada mais que isso.

Levei Debbie e a mãe para casa delas, mas resolvi não ficar. Esse era um momento muito particular.

Não consegui dormir direito naquela noite. Estava abalado com a morte do homem que recentemente tinha se tornado meu sogro. Estava intrigado com os pedidos de desculpas de Debbie para a mãe. A atitude de meu pai mais cedo, tentando interferir na minha relação com Debbie, ainda me incomodava muito. Quanto mais eu pensava nisso, mais forte ficava a voz do padre em minha mente:

"As lembranças de ontem durarão uma vida inteira. Guarde as melhores, esqueça as outras".

"Guarde as melhores, esqueça as outras".

"Guarde as melhores".

"Esqueça as outras".

Lundi, le 8 octobre 2012

Começaram as visitas hospitalares aos pacientes com doenças raras. O dia foi intenso, já que eu tive que fazer o trabalho dobrado: Debbie ainda não se recuperara da morte de seu pai. Nós não nos víamos desde o enterro.

Meu trabalho basicamente era anotar os sintomas apresentados pelos pacientes para tentar montar um padrão para as doenças. Duas das doenças me chamaram atenção:

Doença de Gaucher – fadiga, sangramentos, dores no corpo, fraturas espontâneas, cirrose e desconforto abdominal.

Lúpus - febre, mal-estar, inflamação nas articulações, inflamação no pulmão, dores pelo corpo e manchas avermelhadas na pele.

Meu pai poderia, plausivelmente, ter uma dessas doenças. Os sintomas não necessariamente aparecem concomitantemente. É claro que ele pode nem estar doente ou ter uma outra doença rara. Existem algumas doenças que até hoje não foram descobertas.

Depois de passar toda a tarde no hospital, mandei uma mensagem para Debbie. Ela me disse que estava bem, mas que preferia não sair de casa ainda. Cogitei passar na casa dela para vê-la, mas ela pediu que eu não fosse. Respeitei sua decisão e fui para casa. Meu pai estava na sala. Passei por ele sem falar nada, já que ainda estava chateado com ele.

- Boa noite. Não está me vendo aqui? – ele disse.

- Boa noite. – respondi rispidamente e continuei andando em direção ao meu quarto.

- YASSINE, VOLTE AQUI. – ele gritou.

Ignorei o seu chamado e entrei no quarto. Instantes depois ele adentrou meu quarto de forma abrupta.

- O QUE ESTÁ PASSANDO PELA SUA CABEÇA? EU AINDA SOU SEU PAI. – ele continuou gritando.

- E DAÍ? E ISSO TE DÁ O DIREITO DE SE METER NA MINHA VIDA PESSOAL? EU NAMORO QUEM EU QUISER. VOCÊ NÃO TEM NADA A VER COM ISSO. – eu disse gritando.

Ele começou a chorar. As lágrimas escorriam de seus olhos. Ele puxou algo do bolso e me entregou.

- Desde quando o senhor anda com uma foto da Debbie na mão? – eu perguntei.

- O problema... é que... essa não é a Deborah.

- Como assim? Me explica isso aí.

- Essa é a Fátima.

- Minha... m..ã..e?

O choro dele ficou mais intenso. Ele não conseguia mais falar.

- Então é por isso que o senhor se incomodou com a presença dela? E daí que ela é bem parecida com a mamãe? – eu disse.

- É mais difícil do que você imagina... eu não sei como explicar.

- Pois arranje um jeito. Pode falar qual o problema.

- Sabe quando eu disse que sua mãe morreu durante o parto?

- Sim... qual o problema?

- É que... eu fiz algo horrível. Eu... eu...

- FALA!

- Eu...

Ele desabou no chão. Caiu em posição fetal e ficou tremendo.

- Baba... baba... o senhor está bem?

Ele não respondia. Tentei acalmá-lo, mas não consegui. Ele não parava de tremer e falar em árabe. Chamei um táxi e levei ele ao hospital. O taxista me ajudou a carregá-lo até o carro.

Meu pai passou o restante da semana internado. Ele não falava nada. Sua expressão era vaga e ele não reagia aos estímulos externos. Eu tentava de toda maneira falar com ele, mas ele não respondia. Ele sequer piscava os olhos. Ele foi diagnosticado com quadro de depressão traumática.

Minha semana foi completamente estressante: meu pai internado, Debbie distante e eu atarefado com a faculdade e as visitas hospitalares. Na sexta-feira, Debbie apareceu na faculdade pela primeira vez desde a morte do pai. Ela agiu completamente normal; parecia estar recuperada da sua perda. Depois da aula, nós fomos fazer visitas aos pacientes do hospital onde meu pai estava internado. Atualizei Debbie das nossas atividades e depois fomos ver meu pai. Ele estava na mesma situação dos últimos dias: calado.

No fim do dia, Debbie e eu jantamos *chez moi*. Como eu estava sem vontade de cozinhar e Debbie não é uma boa cozinheira, resolvemos pedir comida chinesa. Enquanto a comida não chegava, eu abri uma boa garrafa de vinho e começamos a beber. Após a segunda taça, Debbie já estava tonta. Ela se aproximou de mim e começamos a nos beijar no sofá. A taça caiu da mão dela no momento em que ela passou a utilizá-la para outra finalidade. Quando percebi, eu já estava sem camisa. O clima esquentou. Eu pressionei o corpo dela junto ao meu, tirei sua blusa e quando estava arrancando-lhe o sutiã, o interfone tocou. A contragosto, vesti minha camisa e fui buscar a comida. Quando voltei, ela já estava vestida, sentada à mesa. Jantamos e bebemos mais um pouco. Eu até pensei em retomar o que tínhamos começado há pouco no sofá, mas achei melhor não. Debbie já estava quase bêbada. Eu não queria que nossa primeira vez fosse assim. Levei ela para casa e fui dormir no hospital com meu pai. Quando nos despedimos, na porta da casa dela, ela me disse que gostaria de me contar algo sério relacionado com a morte do pai dela, mas que estava reunindo forças para tal.

- Fique tranquila. Quando estiver preparada, nós conversamos. Não tenha pressa. – eu disse ao nos despedirmos.

Ao chegar no hospital, encontrei meu pai dormindo de bruços. As costas dele estavam descobertas e pude ver algumas manchas brancas em sua pele.

Pela manhã, conversei com o médico responsável pelo meu pai e contei a ele a minha desconfiança. O médico me disse que minha teoria era completamente plausível e que faria exames específicos para confirmá-la ou não.

No início da tarde, meu pai foi submetido a diversos procedimentos: exame de anticorpos, hemograma completo, radiografia do tórax, biópsia renal e análise da urina.

Os dias que se seguiram foram bem angustiantes: Debbie e eu pouco nos vimos, meu pai continuava no seu estado depressivo, o resultado dos exames demorava a sair.

Dimanche, le 14 octobre 2012

Dormir no hospital era extremamente cansativo. Eu não conseguia ter uma noite tranquila de sono. Acordei por volta das 4 da manhã e vi uma mensagem de Debbie no celular:

"Podemos nos encontrar pela manhã? O que acha de irmos na *Sacré Cœur?* Je t'aime."

Achei a idéia maravilhosa e logo respondi:

"Vamos sim, *mon amour*. Te encontro às 10 na base da escadaria. *Bisous*."

Voltei a dormir. Acordei por volta das 9, passei em casa para tomar banho e fui ao encontro de Debbie. Aproveitei que a temperatura do outono ainda estava amena para poder ir pedalando. No caminho até a basílica, passei por diversas ruas cobertas de folhas. As árvores já estavam quase "desnudas", suas folhas amareladas enchiam as ruas parisienses. Assim que cheguei no ponto de encontro, eu avistei Debbie.

A escadaria da basílica estava repleta de turistas e de vendedores de *souvenir*. Para todo lado que se olhava era possível ver pessoas comprando e vendendo miniaturas de *la tour Eiffel*. Subimos os degraus abraçados e em silêncio. Quando estávamos quase no topo, paramos e nos sentamos no gramado que fica entre as escadas. A *Sacré Cœur* é extremamente linda. Nós ficamos admirando-a por um bom tempo.

Depois de um bom tempo em silêncio admirando a basílica, Debbie resolveu desabafar:

- Eu quero te contar uma coisa...

Fiquei em silêncio.

- Pouco antes de meu pai morrer, ele me confessou que eu fui adotada. – continuou ela.

Novamente fiquei em silêncio. Não sabia o que falar. Algumas lágrimas escorreram pelo rosto dela. Eu a abracei fortemente, ela respirou fundo e continuou:

- Fui adotada em Casablanca. Ele e minha mãe foram passar férias em Casablanca. Minha mãe estava grávida e passou mal devido ao calor, o que levou ela a perder a filha que estava esperando. Os dois ficaram arrasados. Foi então que meu pai conheceu um homem no hospital que não tinha condições de criar a filha que acabara de nascer. Meus pais prontamente resolveram adotar a criança.

A cada palavra que ela pronunciava, era como se uma faca fosse sendo empurrada contra o meu peito. A foto de minha mãe que meu pai me mostrara não saía da minha mente. Comecei a ficar tonto, eu já não ouvia mais o que ela falava. Fui tirado do transe em que me encontrava quando Debbie começou a me sacudir.

- Você está bem? – perguntou ela.

- Eu... eu... sim, sim. Eu estou bem. É que você me pegou de surpresa com essa história.

- Pois é. Imagina então como eu me senti na hora que ele me contou. Eu fiquei desnorteada. Não conseguia entender como eles me esconderam isso durante a vida toda. Eu tinha o direito de saber. E o pior... Papai me fez prometer que eu não iria atrás dos meus pais verdadeiros enquanto minha mãe ainda fosse viva.

- Eu acho certo. Eles te criaram a vida inteira. Eles são seus pais. – opinei.

- Sim, eu sei. Agora, eu sei. Passei todos esses dias pensando a respeito e decidi que não quero saber da minha família biológica. Eles me criaram, eles me deram amor. Eles são meus pais.

- Debbie, você se importa se a gente for embora? Não estou me sentindo bem.

- Tudo bem. Eu vou com você para sua casa.

- Acho melhor não. Eu preciso dormir.

- Tá... bom. Você quem sabe.

Eu dei um abraço rápido nela e corri para pegar minha bicicleta. Pedalei o mais rápido que pude até em casa. Assim que eu cheguei, me joguei na cama e comecei a chorar. Meus pensamentos estavam fervilhando. "Sabe quando eu disse que sua mãe morreu durante o parto? É que... eu fiz algo horrível. Eu... eu...", as palavras de meu pai estavam martelando em minha cabeça. Debbie adotada em Casablanca. Minha mãe morreu no parto em Casablanca quando eu tinha 2 anos. Debbie é 2 anos mais nova que eu. Meu pai disse que fez algo horrível na época da morte de minha mãe. Eram muitas as coincidências. Será possível....

Não sei a que horas eu peguei no sono, mas acordei no outro dia com o celular tocando. O pessoal do hospital estava me ligando para avisar que o resultado dos exames de meu pai tinha saído. Tomei um banho e fui para o hospital. Minhas suspeitas viraram realidade. Meu pai foi diagnosticado com lúpus. A doença não tem cura, mas pode ser controlada sem muita dificuldade, basta que o paciente tome os medicamentos indicados e frequente regularmente o médico. Foi constatado também que a depressão de meu pai foi intensificada pela doença e que a tendência era que ele logo estivesse bom, já que a passaria a ser medicado corretamente. Eu não via a hora de ele voltar ao seu estado normal. Nós tínhamos muito o que conversar. Foi então que eu tive uma ideia: eu precisava falar com Farid, o amigo marroquino do meu pai. Fui até a casa dele imediatamente.

- Aconteceu algo com meu amigo Yosef? – Farid perguntou assim que abriu a porta para eu entrar.

- Na verdade, aconteceu sim.

- Não me diga que...

- Não é nada disso. – eu o interrompi.

- A doença dele foi detectada. Ele está com Lúpus. Mas não foi por isso que eu vim aqui. – acrescentei.

- Mas então... qual o motivo da sua visita?

- Eu quero falar sobre o passado da minha família. Quero que você me conte o que aconteceu no dia em que minha mãe morreu.

- Não sei do que você está falando.

- Não minta para mim. Eu sei que você sabe de tudo. Eu preciso saber a verdade.

- Eu não tenho permissão para falar sobre isso. Por que você não espera que seu pai se recupere e conversa com ele?

- Não posso esperar. Eu preciso saber o que aconteceu. Por favor, me conta. Eu não estou mais aguentando essa situação.

- *Pardon*, Yassine. Eu não posso falar nada a respeito.

- EU PRECISO SABER. MINHA IRMÃ NÃO MORREU JUNTO COM MINHA MÃE, NÃO FOI? – comecei a gritar.

Jade, esposa de Farid, adentrou na sala.

- O que está acontecendo aqui? – ela perguntou.

- EU PRECISO SABER A VERDADE. ELA ESTÁ VIVA, NÃO ESTÁ? – eu perguntei.

- Ela quem? Do que vocês estão falando? – ela indagou.

- Ele quer saber sobre a morte da mãe e da irmã. – explicou Farid.

- EU SEI QUE ELA NÃO MORREU. ELA ESTÁ VIVA, NÃO ESTÁ? EU SÓ PRECISO DE UMA CONFIRMAÇÃO.

- Desculpa, Yassine. Seu pai nunca nos perdoaria se falássemos com você sobre isso. – disse Jade.

- ENTÃO É VERDADE. ELA ESTÁ VIVA. COMO VOCÊS ME ESCONDERAM ISSO A VIDA INTEIRA? EU MERECIA SABER A VERDADE.

Antes que eles pudessem falar qualquer coisa, eu fui embora. Eu estava furioso. Minha vida inteira tinha sido uma mentira. Eu tenho uma irmã e não sabia. Pior... talvez eu esteja namorando a minha irmã. E agora, o que fazer? Não tenho como continuar com Debbie enquanto eu não tiver certeza de que não somos irmãos. Mas não sei se consigo ficar longe dela. Eu a amo. E se ela for realmente minha irmã... o que eu farei? Será que conseguirei conviver com ela? Será que ela me aceitaria como sua família, mesmo depois de prometer ao pai que não buscaria contato com a família biológica? Eu estava prestes a enlouquecer. Quando pensava em Debbie, meu coração acelerava, meu corpo esquentava, eu sentia vontade do seu corpo, mas ao mesmo tempo eu tinha nojo de mim mesmo, quando lembrava que ela poderia ser minha irmã. Eu tinha que terminar com ela. Mas como eu iria fazer isso? Será que eu conseguiria encarar ela nos olhos? E se meu amor por ela fosse maior que essa situação inteira?

Pensei muito e tomei a minha decisão. Não sei se foi a melhor decisão a ser tomada, mas nunca saberei o que aconteceria se eu tivesse feito diferente.

Samedi, le 4 juin 2016

Hoje é um dia extremamente importante na minha vida: estou terminando a faculdade de medicina. A partir de hoje passo a ser oficialmente um médico. Infelizmente eu não tenho com quem dividir essa felicidade. Minha mãe faleceu quando eu ainda era criança. Meu pai morreu no ano passado. Namorada eu não tenho, nem jamais terei. Amigos, eu os deixei para trás. Passei o dia inteiro arrumando minha mala, já que amanhã eu partirei para o Marrocos. Eu quero melhorar a saúde no meu país de nascença. Vou me especializar em obstetrícia e diminuir o número de mortes no parto. No fim do dia, eu fui para o local da cerimônia de formatura: o campus da universidade de Lyon. Sim... Lyon.

A formatura foi bem rápida, éramos apenas 20 formandos. No final da cerimônia, houve uma festa, mas eu preferi não participar. Dei uma passada no cemitério em que meu pai está enterrado e deixei flores em sua lápide. Depois segui para casa, onde estou agora.

Abri uma garrafa de vinho e comecei a beber. Nos últimos anos eu tinha aumentado exponencialmente o consumo de bebidas alcoólicas. A minha vida se resumia a estudar e beber, não necessariamente nessa ordem. Meu pai passou os últimos anos da vida dele sem falar nem uma palavra sequer. Nem mesmo os remédios foram capazes de curá-lo da depressão profunda que o atingiu. Por vezes, eu passei a imaginar que ele escolheu viver assim para fugir da dura realidade. A cada dia que passava, eu me tornava uma pessoa mais amarga. A dor de perder Debbie nunca passou. Pelo contrário, a cada noite em que eu sonhava com ela a dor aumentava.

A última vez em que vi Debbie foi no dia 14 de outubro de 2012 em frente à basílica *Sacré Cœur.* Desde então eu sonho com ela quase todas as noites, sempre acho que é ela quando meu telefone toca, acho que a vejo em todos os lugares, mas é só o meu cérebro e meu coração brincando comigo. Por diversas vezes eu quis voltar à Paris e procurar por ela. Eu a amo e sempre vou amá-la, mas nossa relação estava fadada a acabar. Até hoje eu não tenho certeza se ela é minha irmã, mas eu preferi assim. Prefiro viver com essa incerteza. Não sei se conseguiria viver se eu soubesse que eu beijava minha irmã, que eu a desejava fisicamente (na verdade, ainda a desejo). Às vezes eu penso: "E se ela não for minha irmã? ". Mas logo em seguida vem o pensamento contrário: " E se for? ". Enfim, eu achei melhor nunca saber a verdade. Naquele dia 14 de outubro, eu saí da casa de Farid e Jade e fui direto para o hospital. Consegui que o médico liberasse meu pai para se tratar em casa, já que sua doença já havia sido detectada. Levei meu pai ao nosso apartamento, enchi duas malas com nossos bens mais importantes e partimos para Lyon. Abandonamos tudo. Nunca mais voltei àquele apartamento, nem àquela cidade. A minha vida ficou toda para trás. A única coisa que me conectava à minha antiga vida eram os sonhos constantes com Debbie. A última coisa que fiz em Paris foi enviar uma carta a ela:

"Querida Debbie,

Antes de mais nada quero te pedir desculpas. Eu sei que estou sendo covarde em fazer isso, mas é o melhor para nós dois. Eu e meu pai estamos deixando a cidade. Infelizmente não pude me despedir de você. Quero que você saiba que você é uma pessoa maravilhosa. Te desejo tudo de bom na sua vida. Espero que você supere isso e me esqueça o mais rápido possível. Seja feliz! Até nunca mais!

Yassine ”

Já é quase meia-noite. O táxi chegou. Tenho que ir. Meu voo sai às 4 da manhã. Adeus, França. Estou a caminho, Marrocos!